Para mi
nuevo primo, y apreudais
us padres, que las típicas
y disfruteis de las
canciones españolas para
niños. Un beso muy fuerte. Os
quiere

TERESA

MARTA

Ricardo

Juan Luis

esperamos veros muy pronto!

Cuando esté allí me
gustaría ver a Rena cantando
estos wentos a mi primo
pequeño Alex!
UN BESO DESDE ESPAÑA.
Os veré muy pronto, Belén.

Duerme, duerme, mi niño

Arrullos, nanas y juegos de falda

Antología de B. Oliva

Ilustraciones de Arcadio Lobato

edebé

Texto © los autores
Antología © B. Oliva
Ilustraciones © Arcadio Lobato, 2003
Proyecto gráfico de Aura Comunicación - Joaquín Monclús

© Perspectiva Editorial Cultural, S.A.-Aura Comunicación, 2003

© de la edición: edebé, 2005
Paseo de San Juan Bosco, 62 (08017 Barcelona)
www. edebe.com

CD
Producción: Carlos Navarro-CMdeCM
Arreglos: Óscar Lários
Voces: Laura y Óscar Lários
Técnicos: Carlos Feser y Carlos Navarro

ISBN: 84-236-7249-2
Depósito Legal: B-29.829-2005
Impresión: I. Gráficas Mármol, S.L.
Printed in Spain

DUÉRMETE, LUCERITO

Duérmete, lucerito
de la mañana,
que te canta tu madre,
ea, una nana.

TIENE SUEÑO EL PEQUEÑÍN

Tiene sueño el pequeñín;
callad, callad, avecillas,
no queráis seguir cantando
que mi amor se duerme ya.

MI NIÑO QUIERE DORMIR

Mi niño pequeño
se quiere dormir;
le cantan los gallos
el quiquiriquí.

DUÉRMETE, NIÑO

Duérmete, niño chiquito,
duérmete que viene el coco
preguntando por los niños
que duermen poco.

ESTE NIÑO TIENE SUEÑO

Este niño tiene sueño
y no se puede dormir;
tiene un ojito cerrado
y el otro no puede abrir.

EA, MI NIÑO

Ea, mi niño,
ea, mi encanto;
no llores, niño,
no llores tanto.
Calla, mi niño,
calla, mi encanto.

DUERME, MI NIÑO

Duerme, mi niño,
duerme, mi perla,
que junto a la cuna
tu madre vela.

DUÉRMETE, NIÑO DE CUNA

Duérmete, niño de cuna,
duérmete, niño de amor,
que a los pies tienes la luna
y a la cabecera, el sol.

ARRORRÓ, MI NENE

Arrorró, mi nene,
arrorró, mi sol;
arrorró, pedazo
de mi corazón.

CALLA, PAJARILLO

Calla, pajarillo
de color añil;
que mi niño
se quiere dormir.

A LA NININANA

A la nininana,
pobrecito niño,
que no tiene hambre,
que no tiene frío.
A la nininana,
duerme sin temor,
que no viene el coco,
que no viene, no.

ESTE NIÑO CHIQUITO
NO TIENE CUNA

Este niño chiquito
no tiene cuna;
su papá es carpintero
y le va a hacer una.

A LA NANA, NANITA

A la nana, nanita,
nanita, ea.
A la nana, nanita,
dormido queda.

A LA NANITA, NANA

A la nanita, nana,
nanita sea,
mi niño tiene sueño,
bendito sea.

Pimpollo de canela,
lirio en capullo,
duérmete, vida mía,
mientras te arrullo.

PAJARITO QUE CANTAS

Pajarito que cantas
en la laguna
no despiertes al niño
que está en la cuna.
Ea, la nana,
duérmete, lucerito
de la mañana.
Pajarito que cantas
en la alameda
no despiertes al niño,
bendito sea.
Ea, la nana,
duérmete, lucerito
de la mañana.
Pajarito que cantas
en el almendro
no despiertes al niño
que está durmiendo.
Ea, la nana,
duérmete, lucerito
de la mañana.

LA CUNA DE MI NIÑO

La cuna de mi niño
se mece sola,
como en el campo verde
las amapolas.
Ea, la nana,
duérmete, lucerito
de la mañana.
En la cunita bonita
mi niño duerme;
dulces le dará un ángel
cuando despierte.
Ea, la nana,
duérmete, lucerito
de la mañana.

VERSOS DE LA MADRE

Cierra los ojitos,
mi niño de nieve.
Si tú no los cierras,
el sueño no viene.

Pájaros dormidos
—el viento los mece—.
Con sueño, tu sueño
sobre ti se extiende.

Arriba, en las nubes,
las estrellas duermen;
y abajo, en el mar,
ya sueñan los peces.

...Mi niño travieso,
mi niño no duerme.
Ángel de la guarda,
dime lo que tienes.

Que venga la luna
que a la estrella mece,
que este niño tuyo
lucero parece.

GLORIA FUERTES

NANA DE LA CIGÜEÑA

Que no me digan a mí
que el canto de la cigüeña
no es bueno para dormir.

Si la cigüeñita canta
arriba en el campanario,
que no me digan a mí
que no es del cielo su canto.

RAFAEL ALBERTI

NANA DEL NIÑO GOLOSO

Arrorró, mi niño
que la noche llega.
Arrorró, mi niño
con su capa negra...

Si te duermes pronto,
todas las estrellas,
dulces caramelos
de limón y menta.

¡Oh, qué gran merengue
la lunita llena!

Ángela Figuera Aymerich

CANCIÓN TONTA

Mamá.
Yo quiero ser de plata.
Hijo,
tendrás mucho frío.
Mamá.
Yo quiero ser de agua.
Hijo,
tendrás mucho frío.
Mamá.
Bórdame en tu almohada.
¡Eso sí!
¡Ahora mismo!

FEDERICO GARCÍA LORCA

NANAS

Que se va a dormir,
que se va a dormir la niña,
que el sueño tarda en venir.

Agua de la fuente,
deja de reír.

Cállate, airecillo,
que se duerme ya,
que se duerme ya la niña
y se puede despertar.

¡Que ya se quedó dormida!

JUAN REJANO

RAMA DE CANELA

Rama de canela,
mi verde limón:
Si lloras, mi niño,
¡no te querré yo!

¡Qué triste
me miras!
¿A ver cómo haces
para que yo ría?

BENITO GARCÍA MARTÍNEZ

EL NIÑO ESTÁ EN LA CUNA

El niño está en la cuna
Ea, ea, e
mirando hacia la Luna.
Ea, ea, e
Dos árboles sin hojas
Ea, ea, e
Gimen las ramas cojas.
Ea, ea, e
Que les pongan abrigo
Ea, ea, e
para que huya el frío.
Ea, ea, e
Cierra al fin los ojitos
Ea, ea, e
y queda tranquilito
Ea, ea, e.

ANTONIO GARCÍA TEJEIRO

BALANCEO TU CUNA

Balanceo tu cuna,
¿por qué no duermes?
No me lo toques, luna,
no me lo enfermes...

Mira su cara,
haciendo pucheritos
que no me agradan...

El ruiseñor se burla,
porque mi hijo
llora y me patalea,
tan mayorcito...

Ángeles bellos
no lo asustéis, que el niño
ya va a ser bueno...

BENITO GARCÍA MARTÍNEZ

NANA MARINERA

Caracolas, mi niño,
caracolas de plata,
te cogeré en el alba...
¡Con un grito de luna
recién ahogada...!
Iremos de la mano
corriendo por la playa.
¡Cuidado, amor, cuidado
no te salpique el agua...!
Castillitos de arena
mi amor levanta,
mi niño marinero
de la sonrisa blanca...
Pero ahora duerme, amor,
duérmete y calla,
¡la luna todavía
no ha caído en el agua...!

JOAQUÍN GONZÁLEZ ESTRADA

LA NANA DEL MAR

Cantarte quiero, niña,
la nana azul del mar;
con su espuma y sus olas
podrás soñar.

Como mi niña es buena
la arrullan los peces,
caracolas le dicen...
duérmete, duerme.

Mi niña se ha dormido
y está soñando
que en un barco de vela
va navegando.

Mirad, corales,
cómo va navegando
por vuestros mares.

CONCHA LAGOS

NANA PARA DORMIR MUÑECAS

Mi muñeca bonita
tiene un sombrero,
ella nunca se moja
del aguacero.

Duérmete, nena.
Duérmete, ea.
La Luna se ha dormido
en la azotea.

Te trajeron los Reyes,
sobre la escarcha,
tres caballitos blancos
marcha que marcha.
Sobre las duras
estrellas de la nieve,
las herraduras.

Mi muñeca no llora
porque es muy buena
y en mis brazos dormida
no tiene pena.

El murciélago arrastra
negros pañuelos.
En tus ojos cerrados,
luz de los cielos.

Duérmete, mi muñeca;
duérmete y calla,
vendrán las golondrinas
en la alborada,
traerán la primavera
sobre las alas.

JULIO ALFREDO EGEA RECHE

CANCIONES
Y JUEGOS
DE FALDA

¿DÓNDE ESTÁ LA MANITA?

—¿Dónde está la manita?
—Se la comió la ratita.
  —¿Dónde está el manón?
   —Se la ha comido el ratón.
    —¡Sácala que la quiero ver yo!
   —¿Qué tienes en la manita?
    —Pan y queso.
    —¿Me das?
    —No.
    —Pues no te digo quién ha venido.
    —¿Quién ha venido?
    —Tu papá.
    —¿Y qué me ha traído?
    —Un roscón.
    —¿De qué color?
    —Alza los brazos y lo verás:
    ¡De cosquillón, de cosquillón, de
cosquillón!

Escondemos las manos detrás de la espalda. Sacamos una, después la otra y las movemos según el juego. Terminamos haciendo cosquillas.

LOS LOBITOS

Cinco lobitos
tuvo la loba,
blancos y negros,
detrás de la escoba.
Cinco que tuvo,
cinco crió,
y a todos los cinco
tetita les dio.

Con los dedos abiertos, movemos las manos
haciéndolas girar al ritmo de la canción.

LOS POLLITOS

Cinco pollitos
tiene mi tía;
uno le salta,
otro le pía
y otro le canta
la sinfonía.

Con los dedos abiertos, movemos las manos
haciéndolas girar al ritmo de la canción.

LOS DEDITOS

Éste, chiquito y bonito;
éste, el rey de los anillitos;
éste, tonto y loco;
éste se marcha a la escuela
y éste se lo come todo.

Pedimos al niño o a la niña que abra su manita. Siguiendo la canción, le tocamos los diferentes dedos empezando por el meñique. Al final, nos llevamos su dedo pulgar a nuestra boca simulando que nos lo comemos.

ÉSTE COMPRÓ UN HUEVO

Éste compró un huevo,
éste encendió el fuego,
éste echó la sal,
éste lo frió
y este picarón gordo
se lo comió.

Pedimos al niño o a la niña que abra su manita. Siguiendo la canción, le tocamos los diferentes dedos empezando por el meñique. Al final, nos llevamos su dedo pulgar a nuestra boca simulando que nos lo comemos.

ÉSTE FUE A POR LEÑA

Éste fue a por leña,
éste lo ayudó,
éste encontró un huevo,
éste lo frió
y éste, por ser chiquito,
se lo comió.

Pedimos al niño o a la niña que abra su manita. Siguiendo la canción, le tocamos los diferentes dedos empezando por el meñique. Al final, nos llevamos su dedo pulgar a nuestra boca simulando que nos lo comemos.

POR EL BOSQUE VI UNA LIEBRE

Por el bosque vi una liebre
que corría sin parar;
éste la cazó,
éste la cogió,
éste la peló,
éste la guisó
y este gordinflón
se la comió.

Pedimos al niño o a la niña que abra su manita. Siguiendo la canción, le tocamos los diferentes dedos empezando por el meñique. Al final, nos llevamos su dedo pulgar a nuestra boca simulando que nos lo comemos.

ÉSTE PIDE PAN

Éste pide pan,
éste dice que no hay,
éste, que mañana amasaremos,
éste, que nos lo comeremos
y éste dice gorrín, gorrín, gorrán.

En esta ocasión, empezamos tocándole el dedo pulgar y, al final, frotamos su
meñique entre nuestras manos mientras decimos «gorrín, gorrín, gorrán».

LA SINFONÍA

Éste toca el tambor,
   pom, pom.
Éste, la guitarra,
   rom, rom.
Éste, los platillos,
   chin, chin.
Éste, la campanita,
   tilín, tilín.
Y éste los escucha,
   ¡oh, oh!

Siguiendo la canción, tocamos uno a uno
los dedos del niño o de la niña.

PON, PON

Pon, pon,
niño chiquito,
pon el dinerito
en el bolsón,
que no se lo lleve
ningún ladrón.

Con nuestro dedo índice golpeamos rítmicamente la palma de la mano del niño o de la niña para terminar cerrando su mano como si guardara un tesoro. Diremos «niño chiquito» o «niña chiquita» según proceda.

PALMAS, PALMITAS

Palmas, palmitas,
que viene papá,
palmitas, palmitas,
que en casa ya está.

Cogemos las manos del niño o de la niña
para que dé palmadas al ritmo de la retahíla.

PALMAS, PALMITAS

Palmas, palmitas,
higos y castañitas,
almendras y turrón
para mi niño son.

Cogemos las manos del niño o de la niña
para que dé palmadas al ritmo de la retahíla.

TORTITAS

Tortitas al niño,
tortitas traerá,
palmitas, palmitas,
que viene papá.

Cogemos las manos del niño o de la niña
para que dé palmadas al ritmo de la retahíla.

TORTAS, TORTITAS

Tortas, tortitas,
higos y castañitas,
azúcar y turrón
para mi niño son.

Cogemos las manos del niño o de la niña
para que dé palmadas al ritmo de la retahíla.
Al final, le levantamos los brazos.

LAS TORTITAS

Tortitas
y más tortitas;
para su madre,
las más bonitas.
Abre la tinaja
de la confitura.
¿Cómo la quieres,
blanda o dura?

Llevamos las manos del niño o de la niña a
nuestra cara para que nos dé palmaditas en ella.

TORTITAS DE MAÍZ

Tortitas, tortitas,
tortitas de manteca
para mamá, que está contenta;
tortitas de salvado
para papá, que está enfadado;
tortitas de maíz
para mi niño,
que tiene moquitos en la nariz.

Mientras cantamos llevamos
las manos del niño o de la
niña a nuestra cara para que
nos dé palmaditas en ella.
Al final, simulamos limpiarle
los moquitos. Diremos «niño»
o «niña» según proceda.

DABA, DABA

Daba, daba, daba
en la cabecita,
daba, daba, daba
y no se lastimaba;
pero tanto dio
que se lastimó.

Llevamos la mano del niño o de la niña a su cabeza para
que se dé suaves golpecitos con ella al ritmo de la canción.

LA PORRITA

Date, date en la cabecita;
date, date con esta porrita.
Dábase mi niño
con este cantito,
daba, daba, daba,
no se lastimaba.
Pero tanto se dio
que se lastimó.

Mientras cantamos llevamos la mano del niño o de la niña
a su cabeza para que se dé suaves golpecitos en ella.

DATE, DATE

Date, date, date,
date en la mochita;
date, date, date,
en la cabecita.

Tomamos la mano del niño o de la niña y con ella le damos
suaves golpecitos en la cabeza al ritmo de la canción.

LOS ARAÑAZOS

—¿Quién está en el tejado?
—El gato colorado.
—¿Cómo hace al maullar?
—Miau, miau, miau.
—¿Y cómo al arañar?
—Ris, ras, ris, ras.

Coincidiendo con el último verso, hacemos cosquillas al niño o a la niña.

LA CARNICERÍA

Vas a la carnicería
y que te corten una libra de carne.
Que no sea de pecho
que no hace provecho.
Que te corten de aquí,
¡de aquí, de aquí!

Dame la manita,
la mano bonita.
¡Dámela, dámela,
que buena estará!

Con el canto de la mano simulamos que cortamos carne en el cuerpo
del niño o de la niña; al final de cada estrofa, le hacemos cosquillas.

POR AQUÍ, FRÍO

Por aquí, frío.
Por aquí, caliente.
Por aquí, aguardiente.
Por aquí, cosquillitas, cosquillitas
pa que se ría la gente.

Cogemos la mano del niño o de la niña y le damos palmaditas en el dorso;
al final, le hacemos cosquillas en la palma.

¡QUE SE CAE!

Las campanas de Montalbán
unas vienen y otras van;
las que no tienen badajo
van abajo, ¡abajo, abajo!

              Tente, chiquito;
tente, bonito;
que te vas a tierra,
¡a tierra, a tierra!

Mientras cantamos, sentamos al niño o a la niña en nuestra falda.
Al final de cada estrofa, simulamos que lo dejamos caer para provocar su sonrisa.

LOS ABRAZOS

Aprieta, aprieta,
corazón de manteca;
aprieta una vez,
aprieta dos,
aprieta tres.

Pediremos al niño o a la niña que nos abrace
tres veces, siguiendo la canción.

CURA SANA

Cura sana, cura sana,
ancas de rana;
si no se cura hoy,
se cura mañana
y, si no, pasado por la mañana.

Cuando el niño o la niña se lastime, repetiremos esta canción
acariciando o soplando suavemente sobre la parte dolorida.

OVEJITA

Ovejita,
vete al monte,
tráeme un corderito
que tope, que tope, que tope.

Mientras cantamos, sentamos al niño o a la niña en nuestras rodillas;
en el verso final, chocamos suavemente nuestra frente con la suya.

A CABALLITO

Arre, caballito,
vamos a Belén,
que mañana es fiesta
y al otro también.

Arre, caballito,
vamos a la feria,
no me tires coces,
que me caigo a tierra.

Arre, caballito,
vamos a Belén.
Arre, arre, arre,
que llegamos tarde.

Arre, caballito,
vamos a Belén,
a buscar a la Virgen
y al niño también.

Mientras cantamos, sentamos al niño o a la niña en nuestras rodillas
y lo movemos «al trote» siguiendo el ritmo de la canción.